DE L'ILLUSTRATION

DE LA

FAMILLE · LAGIER

DANS L'ÉGLISE CATHOLIQUE

PAR

LE Vᵗᵉ ODON ᴅᴜ HAUTAIS

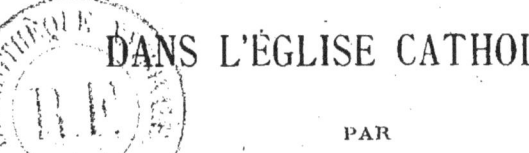

VANNES

IMPRIMERIE LAFOLYE

—

1895

DE L'ILLUSTRATION

DE LA FAMILLE LAGIER

DANS L'ÉGLISE CATHOLIQUE

Urbain II, pape. — Le cardinal Eudes Lagier, évêque d'Ostie et de Vélître. — Bertrand Lagier, évêque de Glandêve et d'Ostie, cardinal prêtre du titre de Sainte-Cécile. — Le Père Gilbert Lagier, supérieur de l'ordre des Frères prêcheurs. — Le Père Lavigne, de la compagnie de Jésus, vicaire général de la colonie étrangère à Nice.

I

NOTES HISTORIQUES
URBAIN II (1042 à 1099).

L'ORIGINE du pape Urbain II a été longuement et diversement discutée par les historiens. Les uns, comme le comte Adrien de Brimont, prétendent qu'il était fils de Miles de Châtillon ; les autres, comme l'abbé Fleury dans son « Histoire ecclésiastique », disent qu'il est fils du seigneur de Lageri. Les uns et les autres s'appuient sur différents auteurs. Pour nous, un des descendants du bienheureux Urbain, nous n'avons point de doute à cet égard.

Eudes, Odon ou Otton (car c'est le même), prieur de Cluny,

était fils de Euchérius Lagier, premier du nom, seigneur de Lageri, et de damoiselle Isabelle de Châtillon. Il avait un frère, nommé Rodolphe, chef de la maison des Lageri. Pour s'en convaincre, il suffira de lire la généalogie des Lagier que nous reproduisons plus loin à titre de pièces justificatives, et qui est écrite sur parchemin des États de Bretagne, au timbre de vingt sols. On voit par là que Eudes Lagier appartenait bien à la famille des Châtillon, mais par sa mère. La seigneurie de Lageri, qui dépendait de la maison de Châtillon, fut apportée à Euchérius Lagier par sa femme, à titre de dot. C'est ce qui peut expliquer la confusion qu'a faite le comte de Brimont sur l'origine du prieur de Cluny Celui-ci s'appuie en effet sur une déclaration même du pape Urbain qui déclare dans un rescrit que le *pagus Bainsonnensis,* situé sur la Marne et presque vis-à-vis la forteresse de Châtillon, appartenait à ses ancêtres.

« Voici ce qui donna lieu à cette déclaration. Thibaud II, comte de Champagne et de Troyes, ayant eu, en 1066, un fils, pria l'abbé de Cluny, saint Hugues, de le baptiser. En souvenir de cet événement, il fonda, sur sa terre de Coincy, une petite abbaye qu'il réunit au grand monastère bourguignon. Plus tard, en 1072, il augmenta l'établissement religieux, qu'il avait créé, du revenu paroissial du village de Bainson. Cette transaction s'opéra sans doute avec l'assentiment des Châtillon, autrefois maîtres et seigneurs de Bainson, qu'ils avaient donné au chapitre de Soissons. C'est à ce titre que Miles de Châtillon fut invité à souscrire à l'acte émané de l'évêque Thibaud. Plus tard, Urbain II, se trouvant à Tours, délivra un bref sur cette affaire. Il confirma l'acte épiscopal, non seulement, est-il dit, en vertu de son autorité apostolique, mais encore parce que son père avait consenti à l'établissement de la redevance des vingt sols de deniers sur l'église de Bainson, où ses ancêtres avaient exercé des droits[1]. »

---

[1] *Un pape au moyen âge, Urbain II*, par le comte Adrien de Brimont Paris, Ambroise Bray, libraire-éditeur, 66, rue des Saints-Pères, 1862), cf. p. 87

Le comte de Brimont conclut de ce qui précède que, puisque le pape affirme que tel fief relève de sa famille, c'est un fait indiscutable, et que, par suite, le père du pape Urbain II est Miles, seigneur de Châtillon. Le raisonnement peut être logique et ingénieux; mais, quant à la conclusion, elle ne sort nullement des prémisses. Le pape Urbain reconnaît que la seigneurie de Bainson appartenait à ses ancêtres, soit ; et Bainson relevait de Châtillon, cela est très juste, mais très naturel aussi, puisque la mère du pape Urbain était Isabelle de Châtillon. Je ne vois pas pourquoi la déclaration désigne-rait plutôt les ancêtres paternels que les ancêtres maternels. Et le raisonnement du comte de Brimont tombe d'ailleurs de lui-même, en présence des titres sur lesquels nous nous appuyons pour prouver la naissance d'Urbain II.

En effet, outre la preuve fournie par l'acte généalogique des Lagier, le moine Albéric des Trois-Fontaines, qui vivait environ vingt-cinq ans après la mort du pape Urbain II, dit aussi qu'Urbain II et son frère Rodolphe étaient fils du seigneur de Lageri, seigneurie voisine de Châtillon. De plus, le nécrologe de l'abbaye de Molesmes fait mention de la sépulture des père et mère du pape Urbain[1]. Enfin l'abbé Fleury, prieur d'Argenteuil, dans son « Histoire ecclésiastique», est aussi affirmatif sur l'origine du pape Urbain II[2].

Cette longue étude sur la naissance du pape Urbain II. faite d'après un document important et indiscutable, était néces-saire. Puisse-t-elle enfin dissiper les derniers doutes et éclairer d'un jour nouveau la naissance du grand pape du moyen âge.

Quoi qu'il en soit, Eudes ou Odon Lagier naquit dans les environs de Châtillon-sur-Marne, vers l'an 1042. Il fit ses études à Reims où il fut nommé chanoine de très bonne heure. En 1070, il était archidiacre à Reims. Peu de temps après il

[1] Noniis junii, memorantur Heucherius seu Eucherius et Isabellis uxor ejus, pater et mater domini papæ Urbani quorum anniversarum debemus facere solemniter (Œuvres posth. de dom Mabill. et dom Thierry. Reims, t. III).
[2] Histoire ecclésiastique, par M. Fleury, prêtre, prieur d'Argenteuil et confesseur du Roi (Cf. tome XIII. liv 62, p. 357, parag. XV).

se retira du monde et entra au monastère de Cluny. Saint Hugues le nomma prieur du monastère. A cette époque le pape Grégoire VII demanda au légat de France, saint Hugues, de lui envoyer un de ses moines qui pût l'aider dans la direction des affaires de l'Eglise à Rome. Saint Hugues lui donna Odon, prieur de Cluny. Grégoire VII s'attacha à l'ancien moine, reconnut ses qualités et ses aptitudes, et le nomma évêque d'Ostie, puis cardinal.

Grégoire VII étant mort, Victor III lui succéda sur le trône pontifical, mais il mourut lui-même peu après. Avant de mourir il réunit autour de lui les évêques et les cardinaux et leur recommanda d'élire pour pape Odon, évêque d'Ostie, suivant le vœu de Grégoire VII. Il le prit par la main et le présenta à ses cardinaux en disant : « Je vous donne en tout mon pouvoir jusqu'à ce que vous le puissiez faire. » Odon fut élu pape sous le nom d'Urbain II.

Je ne raconterai pas ici la vie d'Urbain II : cela n'entre pas dans le cadre modeste de cette notice. Je résumerai seulement ainsi avec l'abbé Darras, écrivain intègre et judicieux, les principaux faits de son Pontificat.

C'est d'abord la lutte d'Urbain II contre Henri IV et les partisans de l'antipape Guibert, qui se termina par le triomphe de la religion et de la foi. Henri IV, qu'avait sacré l'antipape, devint l'objet de l'exécration et des malédictions des princes et des peuples d'Allemagne, et toute la noblesse vint rendre au Souverain Pontife légitime le serment d'obéissance qu'elle lui devait.

Ensuite ce fut l'excommunication lancée contre le roi de France, Philippe Ier, qui entretenait, au mépris des lois les plus sacrées, un commerce adultère avec Bertrade de Montfort, femme de Foulques Le Réchin, duc d'Anjou. Philippe fut excommunié et l'archevêque de Rouen qui avait célébré son mariage fut déposé. Peu après, Philippe Ier, qui avait encore la foi, se soumit à la pénitence canonique et Urbain le releva des censures qu'il avait encourues.

Vint encore en Angleterre la lutte de saint Anselme, archevêque de Cantorbéry, contre les empiétements de Guillaume le Roux. Elle se termina à la plus grande gloire de l'Eglise par la reconnaissance du souverain pontife légitime Urbain II par Guillaume le Roux.

Enfin Urbain II prêcha la première croisade, qui restera à jamais la gloire du grand pape qui l'a décidée et des chevaliers qui l'ont suivie. Et je rapporte ici le jugement du savant auteur de l'« Histoire générale de l'Eglise »: « Urbain II fut un Pape illustre. En réalisant, par les croisades, un des plus grands desseins de saint Grégoire VII, il a acquis un titre immortel de gloire auprès de la postérité[1]. »

Il mourut au mois d'août 1099, suivant le témoignage de saint Bertin ; mais plus exactement le 29 juillet 1099, avant d'avoir eu la joie d'apprendre la prise de Jérusalem par les Croisés.

Le grand pape Léon XIII a prononcé, il y a quelques années à peine, la béatification d'Urbain II, et en le plaçant sur les autels, il a rendu un juste hommage à la vertu et aux mérites du bienheureux pape Urbain II, le grand pape du moyen âge et des Croisés (Voir Notice généalogique).

LE CARDINAL EUDES LAGIER (1100).

Dom Eudes Lagier était le neveu du pape Urbain II. Il fut appelé au cardinalat par son oncle qui le nomma évêque de Vélître et d'Ostie. Après la mort d'Urbain II, le cardinal Rainier fut élu pape sous le nom de Pascal II, malgré ses hésitations et ses craintes. Le dimanche, quatorzième d'août, quinze jours après la vacance du Siège pontifical, le nouveau pape fut sacré à Saint-Pierre. Ce fut le cardinal Eudes, évêque d'Ostie, qui fut le prélat consécrateur. Il était assisté de Mau-

---

[1] *Histoire générale de l'Eglise*, par l'abbé Darras, troisième édition, revue et corrigée avec soin par l'auteur (Cf. tome III, p. 165).

rice de Porto, Gauthier d'Albane, Bozon de Lavici, Milon de Preneste et Otton de Népi. Dans cette cérémonie, l'évêque d'Ostie porte le pallium qu'il remet ensuite au pape. A cause des troubles de cette époque et de la négligence des historiens de son temps, on sait peu de choses sur la vie du cardinal Eudes Lagier. C'était un esprit rempli d'érudition et revêtu d'un génie supérieur. (Voir Notice généalogique). Il mourut sous le pontificat de Pascal II.

BERTRAND LAGIER

ÉVÊQUE DE GLANDÈVE, CARDINAL (1320-1392).

Dom Bertrand Lagier, cordelier, docteur en théologie, religieux de l'ordre des Frères mineurs, évêque de Glandève, cardinal prêtre du titre de Sainte-Prisque et de Sainte-Cécile, puis évêque d'Ostie, naquit en Auvergne. Il était fils de Paul Lageri de Figeac, de la maison de Figeac, dont il portait les armes : « D'or, au lion d'azur. » En 1345, le pape Clément VI le nomma à l'évêché d'Alazo, dans l'île de Corse, plus tard à Assise et enfin à Glandève en 1368. Il en garda le nom étant cardinal quoiqu'il eût le titre de Sainte-Cécile. Ce fut le 6 juin 1371, le vendredi des Quatre-Temps après la Pentecôte, que Bertrand Lagier fut promu cardinal par le pape Grégoire XI.

La promotion comprenait douze cardinaux, huit prêtres et quatorze laïques, qui étaient avec Bertrand Lagier :

Pierre Gomès de Barros, archevêque de Séville ; Jean de Cros, évêque de Limoges ; Bertrand de Cosnac, prieur de Brives et évêque de Comminges ; Robert de Genève, évêque de Térouane ; Guillaume de Chanac, évêque de Mende ; Jean Lefèvre, évêque d'Orléans ; Jean de la Tour d'Auvergne, abbé de Saint-Benoît-sur-Loire ; et les quatre laïques : Jacques des Ursins, Romain, notaire du Saint Siège ; Pierre Flandrin, docteur en décret de l'église de Bayeux ; Guillaume Noëllet,

docteur en droit, du diocèse d'Angoulême ; et Pierre de Ver-
gne, archidiacre de Rouen, natif du diocèse de Tulle.

Au mois d'août 1376, les habitants de Rome envoyèrent à
Avignon des ambassadeurs pour supplier le pape Grégoire XI
de transférer sa cour à Rome et d'y venir en personne avec
tous ses cardinaux. Rome voulait avoir son pontife romain
et le voyage de Grégoire XI était le seul moyen d'empêcher la
création d'un antipape et d'éviter un schisme. Grégoire céda
enfin aux instances des ambassadeurs et au mois de septembre de la même année il entreprit le voyage. Six de ses cardinaux restèrent à Avignon ; les autres l'accompagnèrent. Il
avait gardé auprès de lui le cardinal Bertrand Lagier, évêque
de Glandève, qu'il affectionnait particulièrement. Ce fut au
milieu des fêtes et des acclamations que le pape fit son entrée
dans la ville de saint Pierre. Deux ans après, le 27 mars 1378,
Grégoire XI y mourut, sans avoir eu le temps de retourner à
Avignon.

Le cardinal Bertrand Lagier prit part à l'élection du pape
Urbain VI, au milieu des compétitions diverses qui s'élevaient
pour la succession du trône pontifical ; et il écrivit, avec ses
collègues, aux six cardinaux restés à Avignon, pour leur faire
connaître le résultat de l'élection du conclave et le choix qu'ils
avaient fait du seigneur Barthélemy de Prignano, archevêque
de Bari, sous le nom d'Urbain VI. Il fut nommé évêque d'Ostie.

Mais bientôt après, les cardinaux qui avaient élu Urbain VI,
réunis à Agnani, crurent que l'élection d'Urbain VI n'avait
pas été canonique, et que Clément VII était le seul Souverain
Pontife légitime. Ils abandonnèrent alors Urbain VI et retour-
nèrent à Avignon. Néanmoins, comme marque d'estime et
d'affection particulière, Urbain donna au cardinal Bertrand
Lagier une relique précieuse, qui fut conservée très long-
temps dans la famille ainsi que le témoignent les titres des
Lagier (Voir Notice généalogique).

Le cardinal Bertrand Lagier mourut, le 8 novembre 1392,
avant d'avoir vu la fin du grand schisme d'Occident qui, à cette

époque, a désolé l'Église. Il fut inhumé à Avignon, dans la chapelle des Pères Cordeliers. Maremy rapporte qu'il avait composé deux traités, un contre le schisme et l'autre contre l'hérésie. Ces traités ne nous sont point parvenus.

LE PÈRE GILBERT-ANTOINE LAGIER

SUPÉRIEUR DE L'ORDRE DES FRÈRES PRÊCHEURS (1718-1770).

Le Père Gilbert-Antoine Lagier, cordelier, était le fils d'écuyer noble homme Gilbert Lagier et de demoiselle Anne Blain des Conniers. Il naquit à Nantes en 1718. Il entra dans la congrégation des Frères prêcheurs, et y occupa successivement de hautes places. Il fut, dans son ordre, premier et second supérieur, maître des novices et confesseur des religieux. Il remplit les fonctions d'aumônier auprès de M. le prince de Talmont, à Niort, en Poitou, et quelques années plus tard auprès de M. le maréchal duc de Noailles, à Châtellerault.

Le maréchal de Noailles fut chargé par le roi d'une ambassade à Madrid, auprès de la cour d'Espagne. En effet l'infant perdait successivement toutes ses conquêtes de Lombardie et il était essentiel de prévenir les suites funestes qu'on prévoyait. Avant de partir pour son ambassade, le maréchal de de Noailles demanda au Père Gilbert-Antoine de l'accompagner. Celui-ci refusa, malgré les belles promesses qui lui étaient faites. Mais au retour de son ambassade le maréchal le rappela auprès de lui.

Le Père Gilbert-Antoine Lagier fut encore aumônier à Châtellerault chez M. de la Roche-Dumaine, marquis de Palavicini, et de Madame la comtesse de Ronée. Il rendit de signalés services à cette illustre maison qui le combla d'élogieux remerciements. Il alla aussi au château de Truscat, non loin de Sarzeau, chez M. le président de Francheville ; à Embrun, chez Monseigneur l'archevêque Fouquet. Aux Etats de Nantes de 1760 et de 1764, il fut encore aumônier du duc et de la duchesse d'Aiguillon, du maréchal duc de Richelieu, de M. d'Amélie de la Brife, premier président du Parlement de Bretagne, de M. de Flesselles, intendant de Bretagne, de Messieurs de la Chambre des Comptes, et du marquis de Becdelièvre qui en était le premier président.

Le rôle actif et important que le Père Gilbert-Antoine Lagier remplit, aux premiers et seconds Etats de Nantes, auprès d'un grand nombre d'évêques et de gentilshommes, fut constaté par M. l'abbé Boisgoulard de la Merveillière, doyen du chapitre de Châtellerault, qui tint à lui témoigner les plus hautes marques de son estime et de sa considération (Voir Notice généalogique).

Le Père Gilbert-Antoine Lagier mourut en 1770, après une vie abondamment remplie de labeur et de bonnes œuvres.

LE PÈRE LAVIGNE

DE LA COMPAGNIE DE JÉSUS

VICAIRE GÉNÉRAL DE LA COLONIE ÉTRANGÈRE A NICE (1814-1874).

Le Père Alexandre Lavigne, prêtre de la compagnie de Jésus, naquit à Couëron, département de la Loire-Inférieure, le 26 octobre 1814. Il était le petit-fils d'écuyer Jérôme Lagier, lieutenant de vaisseau, époux de demoiselle Elisabeth Bertrand de la Giclais. Sa mère, mademoiselle Julie-Antoinette-Marie Lagier, avait épousé M. Basile Lavigne, chef de bataillon, chevalier de la Légion d'honneur (Voir Notice généalogique).

Il fit ses études au petit séminaire de Guérande où se pressaient alors les fils des familles les plus distinguées de la région. Il s'y fit remarquer plus encore peut-être par les qualités de son cœur que par les brillantes aptitudes qu'il montrait sur toutes choses. Au sortir du séminaire, après l'achèvement de ses études, il se consacra à Dieu et fut reçu prêtre en l'année

1838. Son évêque l'envoya dans une petite paroisse de la Loire-Inférieure, à Héric, où il resta deux années comme vicaire, chéri de ses paroissiens. Après la mort de sa mère, tendrement aimée, il quitta la vie du monde et se retira à Saint-Acheul, pépinière de brillants orateurs de la compagnie de Jésus. Là, il se fortifia dans la retraite et la prière et bientôt après ses supérieures l'envoyèrent à travers le monde, qui retentit encore des éclats de son éloquence et de ses accents généreux.

Je ne suivrai pas le R. P. Lavigne sur tous les théâtres de sa carrière oratoire. Je dirai seulement qu'il se fit entendre à Nantes, à Marseille, à Bordeaux, à Paris, à Brest, à Lorient, à Toulouse, à Lyon, à Londres, à Rome, partout. Il s'adressait à tous les auditoires, aux communautés qu'il évangélisait ; à ses condisciples, les religieux, qu'il étonnait d'admiration dans ses commentaires de l'Écriture sainte ; aux malheureux, rebut de la société, qui croupissaient dans les bagnes de Brest et de Toulon, qu'il savait attendrir et faire répandre des larmes de repentir ; aux gens du monde qui composaient l'aristocratique et délicate paroisse de Sainte-Clotide, dans le faubourg Saint-Germain, qu'il charmait de sa parole délicate et suave ; aux grands et aux puissants du jour, au monde des boulevards, de la richesse et de la politique, auxquels il annonçait du haut de la chaire de la Madeleine les grandes vérités et les dogmes de la religion catholique ! Pour des raisons d'ordre particulier, le R. P. Lavigne se retira de la compagnie de Jésus ; mais il y fut toujours attaché de cœur. Il se rendit à Nice. Monseigneur de Nice ne tarda pas à apprécier ses hautes qualités et son zèle ardent, et le nomma vicaire général de la colonie étrangère. Alors, le R. P. Lavigne entreprit cette belle œuvre de la construction de l'église de Notre-Dame de Nice, splendide monument élevé à la gloire de Dieu, où repose aujourd'hui son corps, sous un superbe mausolée.

L'église était achevée, mais la décoration n'en était pas

encore complètement terminée quand le R. P. Lavigne mourut. Pendant un voyage à Paris, il fut rapidement enlevé à l'affection des siens. Le 9 mai 1874, il rendit le dernier soupir, entouré de ses amis, dans l'appartement qu'il occupait à l'hôtel du comte Roger de Chabrol.

Il est mort dans les sentiments de la piété la plus profonde et je tiens à citer la première page de son testament.

« Au nom du Père, du Fils et du Saint-Esprit.

« Je meurs dans le sein de l'Eglise catholique, apostolique « et romaine. La pensée de lui appartenir comme son enfant « a toujours fait le plus grand bonheur de ma vie. J'adhère « avec une soumission entière à tout ce qu'elle ordonne ; « j'aime ce qu'elle aime, je rejette ce qu'elle rejette et je ne « me permets pas de discuter une seule de ses décisions.

« Après mon amour pour l'Église, je professe un immense « amour pour la compagnie de Jésus. J'ai le plus profond « regret d'en avoir été séparé. Mon désir le plus vif est de « rentrer dans son sein avant de mourir, et si je ne pouvais « obtenir cette grâce, je prie instamment Notre-Seigneur par « l'intercession de la sainte Vierge, de saint Joseph, de mon « bon Ange et de saint Stanislas Kostka, dont nous faisons « aujourd'hui la fête, d'incliner le R. P. Général à me permet- « tre de prononcer mes vœux au moment de ma mort..... »

Le R. P. Lavigne fut unanimement regretté à Nice et dans toute la France. M. le chanoine Vallet, directeur de Notre-Dame de Nice, écrivait à M. Tallendeau du Montrut, cousin de l'illustre orateur.

« Comme Directeur de Notre-Dame de Nice, — car personne n'osera s'appeler le successeur du R. P. Lavigne, — je suis chargé, par monseigneur de Nice, de préparer l'Oraison funèbre de votre illustre parent. Elle devra être prononcée en l'église Notre-Dame, quand le retour de la colonie étrangère permettra une religieuse manifestation où l'on verra tout ce que les fidèles avaient de tendre vénération et tout ce qu'ils gardent de touchante gratitude envers ce saint prêtre, si éminent par tant de côtés, qu'on ne sait ce qu'il faut le plus louer en lui, des dons du cœur ou de ceux de l'esprit. »

Cette oraison funèbre fut prononcée, le 2 mars 1875, à Nice, dans l'église Notre-Dame en présence de la colonie étrangère tout entière. Voici l'entrefilet du journal de Nice : *l'Union du Midi*, qui rend compte de la cérémonie :

« Le service funèbre pour l'âme du R. P. Lavigne s'est célébré hier. M. le curé de la cathédrale a dit la messe, Monseigneur a fait l'absoute ; les chants ont été parfaitement exécutés. L'affluence était nombreuse et distinguée : le clergé de toutes les paroisses, le chapitre, les ordres religieux, le petit séminaire avaient tenu à s'y faire représenter et à rendre hommage à cet apôtre de la charité dont le nom sera toujours cher à la cité de Nice. En un mot, tout était empreint d'une religieuse et majestueuse tristesse. Nous croyons que l'oraison funèbre de M. le chanoine Vallet, œuvre remarquable, devrait être imprimée en brochure et propagée. C'est le plus bel éloge que nous en puissions faire. »

L'oraison funèbre du R. P. Lavigne par le chanoine Vallet a été imprimée chez MM. Cauvin et G'', imprimeurs de l'évêché, à Nice.

Ainsi s'est terminée une vie toute de zèle et d'apostolat, féconde en utiles et impérissables travaux et qui a sa place marquée à côté des grands noms qu'a enfantés le collège de Saint-Acheul, le P. Sellier, le P. de Subier, le P. de Ravignan, le P. de Pontlevoy et le P. Olivaint.

II

HISTOIRE SOMMAIRE

DES

PARENTÉES OU ALLIANCES DE LA FAMILLE DES LAGIER

La maison des Lagier ou Lageri, selon la dénomination italienne, quoique le même nom, est une des plus anciennes et recommandables familles du Royaume, puisque dès l'an mil quatre-vingt-sept (1087), Guy de Basoche, chantre de l'église de Saint-Etienne de Chaalons et d'Alberi, moine des Trois-Fontaines, en font mention dans leurs mémoires et disent que cette maison est des plus anciennes parmi celles que la divine Providence ait conservées, divisées, répandues dans plusieurs villes et provinces, comme Dauphiné, Reims, Champagne, Auvergne, Provence, Quercy, Bretagne et l'Amérique, même hors le Royaume comme Italie et Savoie.

PREMIÈRE LIGNÉE

« Euchérius Lagier, premier du nom, avait deux garçons : Eudes Lagier et Rodolphe Lagier, père de Gérard Lagier, qui eut un fils qui engendra Gilles Lagier; voilà les souches d'où sortent les familles des *Lagiers*. L'épouse de Euchérius Lagier s'appelait Isabelle, dame de Châtillon. Eudes Lagier devenu pape était fils de Euchérius. »

Histoire de la vie de Eudes Lagier, religieux de l'ordre de Clugny, cardinal et évêque d'Ostie ; puis pape sous le nom d'Urbain II.

« Eudes Lagier était Français, né gentilhomme à trois lieues de Reims. Il se donna à Dieu dès ses plus tendres années, embrassa la profession ecclésiastique et passa par tous les degrés pour arriver au comble de ses grandeurs.

Premièrement il fut chapelain de Thibault, évêque de Soissons. Devenu chanoine de l'église cathédrale de Notre-Dame de Reims ; après quoi il prit l'habit de religieux à Cluny, sous l'abbé saint Hugues. Il fut préposé à l'administration du prieuré de Saint-Pierre de Bainson que les seigneurs de Châtillon avaient donnés à Coincy dans le tems du schisme. Eudes Lagier fut créé cardinal et évêque d'Ostie par le pape Grégoire Sept ; l'évêché d'Ostie donne la prérogative de sacrer les papes.

Eudes Lagier avait donné de multiples marques de piété, de religion et de vertu. Peu après la mort du pape Victor troisième, qui ne tint le siège que fort peu de temps, les cardinaux, frappés d'une mort si prompte, furent quelques temps à se décider à l'élection d'un nouveau pape ; mais, considérant cependant qu'il était important à l'Eglise universelle que son siège fût occupé par un digne sujet en place de celui qu'ils venaient de perdre, ils s'assemblèrent en l'an mil quatre-vingt-huit (1088), en la ville de Terracine pour travailler à la nomination d'un nouveau pape. Se ressouvenant que le pape Victor troisième avait fait une estime particulière pendant sa vie de Eudes Lagier, cardinal et évêque d'Ostie et l'avouait très digne d'être son successeur, ils jetèrent tous les yeux sur lui, le proclamèrent pape et successeur de l'apôtre saint Pierre, aux acclamations ᴉ des peuples, le premier dimanche de carême de l'an mil quatre-vingt-huit (1088). A peine élu pape, il remplit avec beaucoup de soin, d'exactitude et de zèle les fonctions d'un si saint ministère. Je ne redirai point ici particulièrement toutes les autres grandes actions du pape Urbain second lesquelles sont anciennement décrites dans l'Histoire des chefs de l'Église. Il me suffira de dire, pour l'honneur de sa famille, qu'il a fait beaucoup de bien en laissant plusieurs marques notables de sa piété et de sa religion, par l'édifice de plusieurs monastères, comme l'église de Saint-Pierre de Cluny, de Marmoutier, de Saint-Nicolas d'Angers. Le concile assemblé en la ville de Cermon (Clermont), où par une harangue pleine de force et d'esprit il soumit les princes chrétiens à l'entreprise du voyage d'outre-mer pour délivrer la terre Sainte de la servitude des infidèles, ordonna le jeune la veille de l'Assomption de la sainte Vierge, confirma tous les biens, tous les privilèges des monastères ; Orderius Vitali a fait l'éloge d'Urbain II en deux lignes : le qualifiant de François noble, doux citoyen de Reims, discret, modeste, grand de corps, plus grand en piété. Guibert, abbé de Nogent, au livre second de son Histoire de Jérusalem, et Domnizon, en la ville de Maltide, assurent que sa vie fut pleine de miracles, ce qui a donné lieu à l'historien de le mettre au nombre des saints. Il mourut, selon le témoignage de saint Bretin au mois d'aoust l'an mil quatre-vingt-dix-neuf comme nous le rapporte son épitaphe qui fut dressée en sa mémoire par laquelle il paroit que ses vertus n'étaient pas en petit nombre. »

Epitaphe du pape Urbain second, gravée en lettres gothiques sur une pierre de marbre à présent affichée contre un mur du cloître de la Durade.

Aspice lector opus Scripturæ marmoris hujus, Ostendit titulus (titulum) quem tegit hic Tumulus, Ide (vide) fonci natus (concinnatus) commixtis jacet hic tumulatus, Corpus sub lapide spiritus ni requiescet, Parvulus etate (ætate) vitæ puer immaculate (immaculatæ), jungitur angelis vir gincisque (virginisque) coris (choris) ; Vir sacer Urbanus Romanus Papa secundus, esse cimiterium precipi hoc comitum insuper ut didice (didisce) jubet illos hic sepeliri ; Sacro mandato civibus inde dato[1]. »

---

[1] Lecteur, contemple cette épitaphe de marbre ; elle retrace une illustration que couvre ce tombeau. C'est là que gît, avec une foule d'autres morts, un grand homme enlevé dans la fleur de l'âge, homme vertueux, aujourd'hui réuni au chœur des vierges et des anges. Ce fut un pontife romain, Urbain II. Il voulut que ce lieu lui servit de cimetière et bien plus, son désir, devenu sacré, a été que ce lieu put être la sépulture de tous.

Histoire de la vie de dom Eudes Lagier, neveu du pape Urbain second, cardinal, évêque d'Ostie et de Vélitre.

« Nous lisons que le pape Urbain second fit grand nombres de cardinaux pendant son pontificat, dont il en a créé trente-six, le premier desquels était Eudes Lagier, son neveu, auquel il donna l'évêché d'Ostie et de Vélitre qu'il avait possédé avant sa papauté. Il fut un des cardinaux qui sacrèrent en l'an 1100 le pape Paschal second, en la qualité d'évêque d'Ostie, sur lesquels il eut en cette cérémonie la préséance dont ses prédécesseurs étaient en possession, plus de huit cent ans auparavant, puisqu'il est certain que Maximus, évêque d'Ostie, sacra le pape Denis, dès l'année 261, ce que saint Augustin nous apprend lorsqu'il parle des évêques de Carthage, quand il dit que la coutume de l'Eglise catholique est de prendre les plus voisins Evêques de la province de Numidie, de sorte que Rome ne va jamais chercher un métropolitain bien loin pour sacrer les papes, mais l'évêque d'Ostie, comme le plus proche. Cet évêque est encore aujourd'hui en possession de ce privilège aussi bien que du droit qu'il lui fut donné par le pape Saint-Marc, dès l'an 336, de porter le pallium au sacre des papes. La confusion du siècle dans lequel vivait le cardinal Eudes Lagier, joint aux troubles répandus dans l'Eglise par les schismatiques et la négligence des historiens de son temps, furent cause qu'il ne se conserva rien de remarquable à la postérité de ce grand Prélat, quoiqu'il fût rempli d'érudition et revêtu d'un génie supérieur. Il mourut sous le pape Paschal second qu'il avait sacré. »

SECONDE LIGNÉE DES LAGERI, EN L'AN 1200

« Au temps que ces deux grandes lumières avaient gouverné l'Eglise avec autant de fruit que de piété, le pape Urbain et Eudes Lagier, cardinal, firent venir auprès d'eux Rodolphe Lageri et Gilles Lageri, alors jeunes, mais qui dans la suite, à la considération et à la mémoire que l'Eglise devait à Urbain second et à son neveu le cardinal Lageri, occupèrent les premières places de Rome, s'allièrent aux familles les plus distinguées d'Italie et de Savoie. Rodolphe Lagier et Gilles Lagier eurent de dignes successeurs, héritiers de même nom ; Gilles Lageri vint prendre domicile à Figeac, petite ville du Quercy et Rodolphe Lageri à Turin en Savoie. »

TROISIÈME LIGNÉE DES LAGERI, EN L'AN 1300.

« Gilles Lagier eut deux garçons : Paul Lageri et Claude Lageri. Paul Lageri, de Figeac, nom de sa maison et de sa naissance, vint établir son domicile à Glandêve en Provence. Il avait pour frère Claude Lageri, qui passa sa vie à la conduite et au commandement de quelques troupes, employées au service du roi de France, ce qui a fait la souche de plusieurs familles des Lagiers, répandus dans nombre de provinces comme Auvergne, Dauphiné, Provence, Bretagne et l'Amérique, portant pour armes : *D'or au lion d'azur*, avec cette devise : *Serpere nescit*, qui signifie être élevé et avancé par le courage. »

Suite des lignées des Lageri. Lagier Bertrand, docteur en théologie, religieux de l'ordre des Frères mineurs, évêque de Glandêve, cardinal, prêtre du titre de Sainte Prisque, puis évêque d'Ostie.

« La divine Providence gouverne toute choses et répand successivement ses bénédictions sur les familles et principalement sur celles qui ont servi Dieu avec amour et piété. Telle fut celle de Lagier Bertrand, cordelier, que Dieu bénit dès ce monde ici et récompensa d'une gloire éternelle dans l'autre. Lagier Bertrand né en Auvergne, fut pourvu dès l'an 1345 par le pape Clément Six de l'évêché de Jazo, dont il fut transféré, l'an 1348, à Assise et vint ensuite à Glandêve en 1371.

Ensuite il fut créé cardinal du titre de Sainte Prisque par Grégoire Onze ; peu après il eut le titre de Sainte Cécile. Il assista à l'élection d'Urbain Six qui le fit évêque d'Ostie. Mais depuis, se persuadant que l'élection de Clément Sept était plus canonique, il se soumit à ce dernier ; Urbain six, pour lui donner des marques éternelles de son amitié, lui fit présent d'une des plus précieuses reliques qui puisse être conservée parmi les chrétiens.

Savoir :

Des fragmens du pain qui fut consacré par Jésus-Christ lorsqu'il fit la Cène avec ses apôtres, lesquelles Sa Sainteté renferma dans une boëte d'or que ce prélat scella de son sceau et fit encore sceller de celui d'un notaire public d'Avignon au mois de mars l'an 1378, afin qu'un si précieux gage de l'amour du Créateur demeura éternellement en dépôt adns la famille du cardinal Lagier et que ce précieux trésor, après la mort du cardinal, passa par succession des tems jusques dans sa famille.

Jean-Jacques Lagier, seigneur des Turicelles, avocat général de la sacrée religion des saints Maurice et Lazare et garde à Turin des archives de son Altesse Royale de Savoye qui est de la même maison du cardinal Bertrand Lagier, a eu le bonheur d'être héritier de ce précieux trésor qui a été conservé par succession de tems dans la famille ; dans la boëte il y a une inscription de ce précieux monument. »

« Le cardinal Lagier mourut le 8 de novembre, l'an 1392, à Avignon où il fut inhumé dans l'église des Pères Cordeliers. Le cardinal avait composé deux traités, un *Contre le schisme* et l'autre *Contre l'hérésie*, ce que Maremy nous fait connaître ; il porte pour armes : *D'or au lion d'azur.* »

LIGNÉE DE CLAUDE LAGIER COMMENCÉE EN 1400

« Claude Lagier, frère de Paul Lagier, de Figeac, était employé comme on l'a marqué ci-dessus, à conduire des troupes et les commander pour le service de la France : c'est de cette branche que sont sortis nombre de familles des Lagiers. Il eut nombre de garçons ; par conséquent plusieurs cadets qui se trouvèrent peu fortunés. Chacun prit son parti et se répandirent en divers endroits. L'aîné de cette branche qui était Jean Jacques Lagier, fut très bien partagé. Il fit une belle alliance, fut revêtu de toutes les dignités et avantages de cette famille ; il eut en possession le précieux trésor et fut gratifié des bienfaits du duc de Savoye. Il eut plusieurs garçons qui occupèrent des postes tant dans l'art militaire que dans la robe et pendant ces tems s'établirent en différens lieux. »

LIGNÉE D'UN CADET NOMMÉ CLAUDE LAGERI COMMENCÉE EN 1500.

« Vers la fin de l'an 1500 un cadet d'une des branches de cette maison vint prendre son domicile à Vaulnavet, ville du Dauphiné. Il épousa une roturière qui lui donna du bien. Il eut deux garçons ; l'aîné nommé Claude Lagier et son cadet Durand Lagier s'établirent tous deux en Basse-Auvergne. Claude Lagier, aîné de Durand, emporta suivant les lois la plus forte partie des biens, épousa une demoiselle de Sourang avantagée par la fortune. La divine Providence qui se plaît à multiplier les familles leur donna nonbre d'enfants. »

LIGNÉE DES ENFANTS DE CLAUDE LAGIER ET DE DURAND LAGIER SON FRÈRE, COMMENCÉE EN 1600.

« Comme c'est le droit de la loi que l'aîné est le mieux partagé, Claude Lagier, aîné de cette branche, resta en Auvergne où il mena un état doux et tranquille et eut peu d'enfants, Durand Lagier, son frère cadet, quitta Langeac en Basse-Auvergne et revint à Vaulnavet en Dauphiné où son établissement ne fut pas aussi heureux ny avantageux que celui de son frère. Il épousa la fille d'un marchand et par là fut obligé de faire le commerce. Il eut plusieurs enfants, parmi lesquels: Gilbert Lagier, qui, ayant l'âge de raison, prit le parti de quitter sa patrie, vint prendre son domicile à Nantes, en Bretagne.

Ci joint son extrait baptistaire :

Le vingtième septembre mil six-cent-cinquante-cinq (1655) j'ai baptisé Gilbert Lagier, fils naturel et légitime d'écuyer noble homme Durand Lagier, négociant de la ville de Vaulnavet, et de dame Marie des Hayes, ses père et mère, eut pour parrain écuyer noble homme Gilbert Bonet, son oncle, pour marraine dame Françoise Charly de l'Ambres. Ainsi attesté pour moi, curé de Vaulnavet en Dauphiné ;

Je soussigné certifie avoir tiré du registre le susdit baptistaire de Gilbert Lagier, fils naturel et légitime d'écuyer noble homme Durand Lagier, négociant à Vaulnavet et de dame Marie des Hayes ses père et mère, et eut pour parrain écuyer Gilbert Bonet, oncle de Gilbert Lagier, et pour marraine dame Françoise Charly de l'Ambres ; cet extrait de baptême est du registre que mon prédécesseur m'a laissé en cette cure, présentement chanoine et secrétaire de l'église cathédrale de Voyron. Signé : Jean Baptiste Votrin, curé titulaire de Vaulnavet, et Clément de Montoison, sénéchal en la dite ville en Dauphiné. Ce vingt-six janvier mil-six-cent-quatre-vingt-dix-neuf (26 janvier 1699). — Nous soussignons et certifions, tous habitants et magistrats de la ville de Vaulnavet en Dauphiné à quiconque que ce soit, que la déclaration ci-dessus est conforme au susdit écrit ci-dessus et à l'extrait de baptême de écuyer noble homme Gilbert Lagier, ainsi signé Daricy, chanoine et grand vicaire de Voyron au comptat d'Avignon ; Jean Baptiste Votrin, curé titulaire de la ville de Vaulnavet; noble homme Jean Brenat, consul moderne ; noble homme Louis Brenat, procureur du Roi : noble homme Antoine Artaud, avocat du Roi; noble homme Claude Lagier, noble homme Louis Dumerge, négociant et moi qui ai écrit le présent au requis des sieurs dénommés cy-dessus et me suis soussignez et certifié *François Romcam*, commis-greffier de la ville de Vaulnavet en Dauphiné. »

Lignée d'écuyer noble homme Gilbert Lagier, commencée a Nantes en 1707.

« Il épousa en premières noces demoiselle Le Gras, fille de noble homme N. Le Gras et de dame Marguerite Viau, ses père et mère, nièce de Messieurs La Coutais Legrand, auditeurs en la Chambre des comptes de Nantes, et de dame Elisabeth Lemolle, veuve de noble homme Gabriel La Noë Le Roy, vivant conseiller du roy, échevin sous-maire de la ville de Nantes, en présence de noble homme Julien Durand, marchand négociant, et de dame Julienne Saunier, son épouse, et de noble homme N. Boulinaut. Ce fut la première alliance que contracta noble homme Gilbert Lagier. Ils ne furent ensemble que sept ans, sans avoir d'enfants. »

Acte passé soussignez de l'alliance et parenté que nous avons contractée avec écuyer noble homme Gilbert Lagier. Quoique n'ayant point eu d'héritiers de mademoiselle Elisabeth Le Gras, nous certifions que nous le reconnaitrons à l'avenir pour avoir été notre allié et bien qu'il ait contracté un second mariage avec demoiselle Anne Blain des Cormiers, fille de noble homme Pierre Blain, sieur des Cormiers, ancien marchand négociant au Port au Vin, paroisse Saint-Nicolas de Nantes. Ainsi signé le dit écrit ci-dessus et le contrat de mariage de demoiselle Anne Blain des Cormiers ; Nicolas Le Gras ; dame Marguerite Viau ; les sieurs La Coutais Legrand ; dame Elisabeth Lemolle ; Julien Durand ; Julienne Saunier ; dame Françoise Penot de Pontecoulan ; François Penot, prêtre ; Pierre Blain, sieur des Cormiers ; Michel Blain des Cormiers fils, négociant ; François Brisson, procureur, Guillemeau, procureur ; Mathurin Jourdanet, procureur ; Julienne Blain des Cormiers ; Charlotte Blain des Cormiers, sœur d'Anne Blain ; noble homme Cadoret ; noble homme Joubert, visiteur général de l'ordre de Fontevrault ; messire Joubert, prêtre et curé de la Trinité de Clisson ;

noble homme N. Proust,[1] maire de Nantes ; madame La
Coutais Legrand, seigneur de Thomaré, assistant et présent ;
nous avons tous signez et certifié à qui il appartiendra de
l'alliance et parenté et amis du sieur Lagier et de dame
Le Gras son épouse. A Nantes, ce 7 juillet dix sept cent dix sept
(7 juillet 1717).

« Il eut de son second mariage quatre filles et trois garçons
dont ils ne reste plus que deux garçons savoir Gilbert-Antoine
Lagier, cordelier, et Joseph Marie Lagier. »

Mémoire sommaire et attribüs accordé au dénommez cy-dessous
pendant sa vie.

Le père Gilbert-Antoine Lagier a rempli les fonctions de
confesseur et prédicateur pendant plus de trente-six ans dans
différentes provinces et villes du Royaume, a occupé dans son
ordre les places de premier et second supérieur, maître des
novices, et confesseur des religieux ; a été aumônier de M. le
prince de Talmont, à Niort, en Poitou, dans les années de 1738
et 1739, à Châtellerault de M. le maréchal de Noailles, ambas-
sadeur d'Espagne, où dans ce tems avant son départ il envoya
M. Guinard son secrétaire demander au père Lagier, s'il voulait
accompagner M. de Noailles en qualité d'aumonier jusqu'en
Espagne, qu'à son retour il aurait lieu d'être content, ce que le
dit père Lagier refusa, et eut l'honneur au retour de son ambassade d'être de nouveau son aumônier : ce fut le quinze de
juin en dix sept cent quarante cinq (15 juin 1745[1]. Ce fut au
château de Châtellerault, chez M. de la Roche-Dumaine,
marquis de Palavicini et de Mme la comtesse de Ronée, maison illustrée par des roys, des princes et des cardinaux, qui
porte pour armes « *Une herse d'or sur un champ d'azur* »,
qu'il fut aumônier et reçut une lettre de remerciements en
reconnaissance des services importants qu'il avait ren-

[1] Julien Proust, écuyer, seigneur de Port-la-Vigne, 70e maire de Nantes de
1693 à 1717. (*Histoire de Nantes*, par le docteur Guépin).

dus à cette maison, touchant le fameux procès de Mme Diane, marquise de la Roche-Dumaine, belle-mère du marquis de la Roche-Dumaine, seigneur du Château du Fou et de Chitray et de plusieurs autres paroisses, le trente juin dix sept cent quarante six (30 juin 1746.) signée : *Augustin de la Roche-Dumaine*, marquis de *Palavicini*, et de Mmes de Ronée de Fabarôme de Namon. Il alla ensuite au château de Truscat chez M. le président de Francheville et chez M. Fouquet, archevêque d'Embrun : aux Etats de Nantes en dix sept cent soixante (1760) et dix sept cent soixante quatre (1764) chez M. le duc et la duchesse d'Aiguillon et chez M. le Maréchal, duc de Richelieu, chez M. d'Amélie de la Briffe, premier président au Parlement de Bretagne, chez M. de Flesselles, intendant de Bretagne, aumônier de MM. de la Chambre des Comptes et de M. le marquis de Becdelièvre qui en est le premier président.

Aux premiers et seconds Etats de Nantes, le père Lagier eut la confiance de plusieurs évêques et de nombre de gentilshommes : Titre que M. l'abbé Boisgoulard de la Merveillère, doyen du chapitre de Châtellerault donna au père Lagier qui, après avoir prêché avec honneur la dominicale, prêcha le Carême, dans la même année, ce qu'aucun prédicateur n'avaient eu. »

LIGNÉE D'ÉCUYER NOBLE HOMME MARIE-JOSEPH LAGIER

« Nez à Nantes le seizième juillet dix-sept-cent-dix-sept (16 juillet 1717), fut baptisé à Saint-Nicolas de Nantes, eut pour parrain : noble homme Antoine La Noë, pour marraine : Julienne Lefebvre.

Entré au service du Roy au commencement de la campagne de quarante quatre en qualité de volontaire dans le régiment de Nivernois-Infanterie, actuellement la *Marche-Prince* ; où il fit toutes les guerres de Flandres pendant quel temps il s'est trouvé à dix sièges et aux batailles de Fontenoy et Rocoux, sous les ordres de monsieur le Maréchal de Saxe en quarante-sept, fit la campagne d'Italie contre le Roy de Sardaigne sous les ordres de Monsieur le chevalier de Belle-Isle, en quarante-huit fut licentié vu la paix ; Cette même année vint se marier à Vannes avec demoiselle Marie Sylvie de Goyon de Matignon, issue de Ecuyer noble homme Jean-Baptiste de Goyon, nez en province de Normandie et de Marie-Anne Berthet, du diocèse de Paris ses père et mère. En l'an dix-sept-cent-cinquante (1750) le Roy l'honora d'un brevet de capitaine-major des gardes côtes de Vannes et île d'Huis, qu'il a pendant douze ans exercé sans interruption avec honneur et suffrage de tous les officiers généraux qui y ont commandez, pendant toutes les guerres qu'il y a eues dans notre province de Bretagne jusqu'en l'année soixante-deux, à la conclusion de la paix ».

— Il eut de son mariage une fille et trois garçons, savoir l'année dix-sept-cent-cinquante (1750), le sixième janvier, une fille nommée Bonne-Sylvie Lagier, qui fut baptisée à Saint-Pierre de Vannes par monsieur du Guernic, prêtre recteur de la dite paroisse, et eut pour parrain : écuyer noble homme N. de la Chapelle, capitaine général, commandant pour le Roy les gardes côtes de Vannes et îles de Huis et pour marraine : dame Sylvie, marquise des Cartes. — Et assistèrent : monsieur le marquis Dugage et demoiselle Silvie des Cartes, dame le Prêtre, marquise de Châteaugiron et noble homme Charles de Mars. »

« Le treize octobre dix sept cent cinquante et un (13 octobre 1751), fut baptisé par Monsieur du Guernic, de la dite paroisse de Saint Pierre de Vannes, un garçon nommé Jérôme Lagier, Et eut pour parrain : écuyer noble homme Jérôme de Ficher, controleur général des fermes du Roy en la province de Bretagne; pour marraine: Marie Dauzon, femme de noble homme du Gos Kucère, assista noble homme Charles de Mars. »

L'an dix sept cent cinquante trois (1753) douxième mars fut baptisé par monsieur Foloque, prêtre vicaire de la paroisse de Saint-Pierre de Vannes, un garçon nommé Joseph Marie

Lagier. Eut pour parrain : noble homme Gabriel Fabre, procureur au Présidial de Vannes ; pour marraine : dame Marie Joseph Pichon, femme de noble homme Pitouais de Kervégan ; assista noble homme Charles de Mars.

« L'an dix sept cent cinquante sept (1757), fut baptisé en l'église de Notre-Dame de Pité du Croisic, par M. Cavaro-Kergorre, recteur prêtre de la dite paroisse le nommé Louis Alexandre Lagier. Et eut pour parrain : Louis Joseph de Bocandé; pour marraine : dame Huet Pommeraye, femme de noble homme N. de la Salle-Bruneau, commandant des vaisseaux du Roy. Et assistèrent noble homme Pierre Huet Pommeraye, négociant au Croisic et noble homme Pierre de Bocandé. »

« L'an dix sept cent soixante dix (1770), le Roy gratifia de nouveau noble homme Joseph-Marie Lagier d'un bâton d'*exempt* avec brevet de lieutenant de cavalerie pour commander dans la nouvelle création ses troupes de maréchaussée dans les villes de Machecoul, Paimbœuf et généralité du Duché de Retz. »

« L'an dix sept cent quatre vingt huit (1788), le Roy fit entrer Joseph-Marie Lagier à son Hôtel Royal des Invalides, avec brevet de capitaine d'infanterie et le décora de sa croix militaire de Saint-Louis et y mourut le 14 nivôse de l'an quatrième. »

« Fidèlement copié et collationné sur l'original, lequel est écrit sur parchemin au timbre des Etats de Bretagne, aux droits de vingt sols. »

LIGNÉE D'ÉCUYER NOBLE HOMME JÉROME LAGIER

Ecuyer JÉROME LAGIER, lieutenant de vaisseau, s'est marié à Nantes avec demoiselle Elisabeth Bertrand de la Giclais, décédée en la commune de Couëron (Loire-Inférieure) le 24 février 1821.

De ce mariage sont nés :

I. — DÉSIRÉE LAGIER, mariée à M. Groleau de Saint-Laurent, capitaine de frégate.

« A laissé une fille : demoiselle Augustine Groleau de

« Saint-Laurent, mariée à M. Michel Pério, receveur
« des contributions directes à Saint-Nazaire, décédé à
« Nantes, en 1840 ».

De ce mariage est né un fils : Marie-Alexandre-Auguste
Pério, contrôleur des contributions directes, marié à
Saint-Nazaire, à demoiselle Nelly Plessis, décédé à
Paimbœuf (Loire-Inférieure), sans postérité le 23 juillet
1892.

II. — JULIE-MARIE-ANTOINETTE LAGIER, né à Nantes, le 15
septembre 1786, mariée à Couëron le 3 novembre 1813 à
M. Bazile Lavigne, chef de bataillon, chevalier de la Légion
d'honneur.

De ce mariage sont nés :

1° *Alexandre Lavigne,* prêtre de la compagnie de Jésus,
vicaire général de la colonie étrangère à Nice, prélat de
la maison de Sa Sainteté, né à Couëron, le 26 octobre
1814, mort à Paris le 9 mai 1874.

2° *Eugène Lavigne,* né à Couëron, mort à 17 ans.

III. — ALEXANDRE-GODEFROY-BAZILE LAGIER, capitaine
aide-de camp du général Montfort, décédé sans postérité à
l'âge dix-neuf ans pour faits de guerre.

IV. — CATHERINE-AIMÉE LAGIER, née à Nantes, le 17 décembre 1792 ; mariée le 2 décembre 1822 au baron Philibert-
Victor Travot, chef de bataillon, chevalier de la Légion d'honneur, fils du général baron Jean-Pierre Travot, commandant
les armées de l'Ouest, commandeur de la Légion d'honneur,
chevalier de l'ordre royal et militaire de Saint-Louis, et de
demoiselle Danielle Chérin, décédée à la Roche-Bernard, le
19 janvier 1873.

De ce mariage sont nés :

A. — Le chevalier *Victor-Philibert-Julien-Marie-Aimé Travot,*
né à Couëron, décédé sans postérité à Nantes à l'âge de dix-
sept ans, le 6 mai 1840.

B. — Demoiselle *Emma-Marie Travot,* née à Couëron, le 6

novembre 1829, mariée à Nantes, le 20 avril 1857, à M. Alcime-Charles Tallendeau du Montrut, notaire à la Roche-Bernard, fils de M. Henri Tallendeau du Montrut et de demoiselle Adèle-Marie-Louise Belliard.

De ce mariage sont nés :

I. – *Henri-Victor-Alcime-Marie Tallendeau du Montrut* ; chevalier de l'ordre du Nicham Iftikar de Tunisie, né à la Roche-Bernard le 7 juin 1858 ; marié à Bordeaux, le 16 octobre 1888, à demoiselle Marie-Marguerite Bonzon de Lestrille, fille de M. Alphonse Bonzon de Lestrille, et de demoiselle Noëmie Tabois.

De ce mariage sont nés :

a. — *Henri-Alfred-Alphonse-Alcime-Marie-Aimé Tallendeau du Montrut*, né à la Roche-Bernard, le 15 août 1890, † à Bordeaux le 17 novembre 1893.

b. — *Marguerite-Marie-Anne-Aimée-Noémie Tallendeau du Montrut*, née à la Roche-Bernard, le 20 juin 1892.

c. — *Yvonne-Marie-Anne-Aimée Tallendeau du Montrut*, née à Bordeaux le 5 décembre 1893.

II. *Charles-Auguste-Philibert-Marie Tallendeau du Montrut* : né à la Roche-Bernard le 8 janvier 1861 ; marié à Tinchebray (Orne), le 22 mai 1888 à demoiselle Jeanne-Alexandrine Trémoureux, fille de M. Vincent Trémoureux, licencié ès-sciences, ancien professeur au collège Louis-le-Grand et de demoiselle Noémie Masson.

De ce mariage sont nés :

a). *Marie-Thérèse-Emma-Noémie-Jeanne Tallendeau du Montrut*, née à la Roche-Bernard le 6 juillet 1890, † le 14 août 1890.

b). *Marie-Thérèse-Emma-Noémie-Jeanne-Joseph Tallendeau du Montrut*, née à la Roche-Bernard, le 22 octobre 1891.

c). *Paul-Charles-Vincent-Alcime-Tallendeau du Montrut*, né à Vannes le 1er octobre 1893.

III. *Victor-Louis-Marie-Aimé-Alexandre Tallendeau du Montrut*, né à la Roche-Bernard, le 16 février 1863, greffier au tribunal civil de Ha-noï (Tonkin).

IV. *René-Louis-Léon-Marie Tallendeau du Montrut*, né à la Roche-Bernard, le 4 mai 1864, † le 12 avril 1865.

V. *Aimée-Adèle-Laure-Marie Tallendeau du Montrut*, née à la Roche-Bernard, le 19 juillet 1865.

VI. *Emma-Nelly-Elisabeth-Marie Tallendeau du Montrut*, née à la Roche-Bernard, le 6 octobre 1866.

VII. *Alcime-Charles-René-Marie-Aimé Tallendeau du Montrut*, né à la Roche-Bernard, le 24 octobre 1868.

VIII. *Louise-Joséphine-Augustine-Marie Tallendeau du Montrut*, née à la Roche-Bernard, le 7 novembre 1869; a été baptisée avec de l'eau du Jourdain, donnée par madame Moulac, mère du contre-amiral Moulac, commandant l'escadre du Levant.

IX. *Joseph-Aimé-Victor-Marie Tallendeau du Montrut*, né à la Roche-Bernard, le 24 novembre 1872, aussi baptisé avec la même eau du Jourdain, conservée.

www.ingramcontent.com/pod-product-compliance
Lightning Source LLC
Chambersburg PA
CBHW061630180626
46818CB00005B/2307